Pat le chat

La carte au trésor

James Dean

Texte français
d'Isabelle Montagnier

■ SCHOLASTIC

Catalogage avant publication de Bibliothèque et Archives Canada
Dean, James, 1957-
[Pete the cat and the treasure map. Français]
La carte au trésor / James Dean, auteur et illustrateur ; texte français
d'Isabelle Montagnier.
(Pat le chat)
Traduction de: Pete the cat and the treasure map.
ISBN 978-1-4431-6867-0 (couverture souple)
I. Titre. II. Titre: Pete the cat and the treasure map. Français.
PZ23.D406Car 2018   j813'.6   C2018-900390-1

Édition publiée par les Éditions Scholastic, 604, rue King Ouest, Toronto (Ontario) M5V 1E1,
avec la permission de HarperCollins.

5 4 3 2 1   Imprimé au Canada   119   18 19 20 21 22

L'artiste a réalisé les illustrations de ce livre au stylo ainsi qu'à l'aquarelle et à la
peinture acrylique sur du papier pressé à chaud de 300 lb.

Depuis le pont de son bateau, le capitaine Pat regarde l'anse des Chats. Le soleil se reflète sur l'eau. Quelle belle journée pour une aventure en mer!

Soudain, un perroquet vole vers le capitaine Pat.

— Coco! fait le perroquet en donnant un morceau de papier chiffonné au capitaine Pat.

— Qu'est-ce que c'est? demande Katia, son premier matelot.

Le capitaine Pat examine le papier. C'est une carte avec une ligne pointillée finissant par un X.

— Une carte au trésor! s'exclame-t-il.

— Un trésor? demande Katia. Où?

— Sur l'île Secrète, répond Pat.

— Allons-y! dit Katia.

— Youhou, un trésor! crient les matelots.

Le vent salé gonfle les voiles. Avec Pat au gouvernail, le bateau fend les grosses vagues.

— Bon travail, matelots, félicite le capitaine Pat. Nous y serons en un rien de temps!

Oh non! Le capitaine Pat a parlé trop vite.
Quelque chose se dirige vers eux.
— Qu'est-ce que c'est? demande Katia.

Un tentacule géant se lève et frappe l'eau.
Une vague s'abat sur le bateau de Pat.

KRR-SPLASH!

— Coco! crie le perroquet.

— Ahhhhhhhh! hurle l'équipage.

KRR-SPLASH! Un autre tentacule s'abat sur l'eau.

L'équipage est effrayé, mais le capitaine Pat
n'a pas peur. Il a compris que le monstre n'est pas
méchant. Il bat la mesure!

Le capitaine Pat sort sa guitare et fait quelques accords. Le monstre émerge de l'eau en entendant Pat jouer. Les matelots se cachent.

Le monstre branle la tête. Ce n'est pas un monstre marin terrifiant, mais un batteur épatant!

— Vas-y, éclate-toi! dit le capitaine Pat.
— Super! grogne le monstre.

— Oh non! Capitaine, une grosse tempête se lève! s'écrie Katia.

— Fermez les écoutilles! ordonne le capitaine Pat.
Tout le monde se prépare à affronter la tempête!

Les vagues secouent le bateau, mais l'équipage est courageux.
Le capitaine Pat a une idée :

— Hé! L'ami! crie-t-il au monstre marin. Nous avons besoin de ton aide!

Le monstre saisit le bateau dans ses tentacules géants et le pousse en avant.

Le bateau traverse rapidement la tempête!

— Hourra! dit l'équipage tandis que le monstre nage jusqu'au bateau.

— Merci, mon ami, dit le capitaine Pat.
— C'était un plaisir, grogne le monstre.

— Terre en vue! crie Katia
en tendant le bras.
   Tous les pirates se précipitent
vers la proue.

— C'est l'île Secrète! s'exclame le capitaine Pat.

Sur la plage, leur ami Gaston le bougon
les attend avec une pile de trésors!

— Ohé, matelots! Je vois que vous avez reçu
ma carte, dit Gaston le bougon. Les trésors sont
plus amusants quand on les partage avec ses amis.

Les membres de l'équipage sont si contents qu'ils font des pirouettes dans le sable.
— Merci, Gaston! s'écrient-ils.

— Je crois qu'il nous manque quelque chose, dit le capitaine Pat. Faisons un peu de musique!

— Quelle bonne idée! approuve Gaston.

Les pirates chargent le trésor sur le bateau.
Le capitaine Pat prend sa guitare et joue.
Mais sa chanson n'a pas de rythme...

— Hé! Le batteur! dit le capitaine Pat quand le monstre marin sort la tête de l'eau. Aimerais-tu te joindre à mon équipage?

— ARRRR! grogne le monstre.

— En avant la musique! s'écrie le capitaine Pat.
Le monstre bat la mesure de leur chanson de pirates.

L'équipage du capitaine Pat est complet. Tous les pirates chantent :

— Youhou! Youhou! La vie de pirate est faite pour nous!